LE TRÉSOR

DES PIÈCES RARES OU INÉDITES.

LA

RVELLE MAL ASSORTIE.

LA RVELLE

MAL ASSORTIE

OV

ENTRETIENS AMOVREVX

D'VNE DAME ELOQVENTE

Auec vn Caualier Gascon plus beau de corps que
d'esprit et qui a autant d'ignorance
comme elle a de sçauoir,

PAR MARGVERITE DE VALOIS.

A PARIS,

CHEZ AVGVSTE AVBRY, LIBRAIRE,
RVE DAVPHINE, N° 16.

M DCCC LV.

Texte conforme à l'édition de 1644.

Tallemant des Réaux, dans l'historiette qu'il a consacrée à Marguerite de Valois, première femme de Henri IV, s'exprime ainsi : « Elle parloit phébus *selon la mode de ce temps-là, mais elle avoit beaucoup d'esprit. On a une pièce d'elle qu'elle a intitulée* la Ruelle mal assortie, *où l'on peut voir quel étoit son style de galanterie. » Suivant les premiers éditeurs de Tallemant, « cette pièce ne paraissait pas avoir été imprimée ». Aussi M. F. Guessard, chargé par la Société de l'histoire de France de donner une édition des Mémoires et des Lettres de Marguerite* (1), *fit, pour retrouver le texte de* la Ruelle, *de nombreuses recherches qui aboutirent enfin à la découverte d'une copie conservée dans les manuscrits de Fontanieu, à*

(1) *Cette édition a paru en 1842.*

la Bibliothèque royale. Mais la Société, un peu trop prude de sa nature, ne permit pas à M. Guessard de joindre la Ruelle *à son volume. Il put seulement l'imprimer à part, et des exemplaires en furent distribués aux membres de la Société qui en firent la demande.*

A l'époque où M. Guessard publia cette pièce, qu'il avait tant de raisons de croire inédite, un littérateur distingué, feu M. A. Bazin, adressa à M. Paulin Paris une lettre que celui-ci a donnée, il y a quelques mois, dans son édition de Tallemant des Réaux. « La Ruelle, *disait-il, existait déjà imprimée, tout juste depuis deux siècles, dans un volume publié par le fécond Charles Sorel, et ayant pour titre :* NOVVEAV RECVEIL DES PIECES LES PLVS AGREABLES DE CE TEMPS, EN SVITE DES IEVX DE L'INCONNV ET DE LA MAISON DES IEVX. Paris, chez Nicolas de Sercy, 1644. » La Ruelle, *en effet, y figure à la page* 95, *et à la Table des pièces elle est annoncée en ces termes* : La Ruelle mal assortie, ou Entretiens amoureux d'une Dame Eloquente auec vn Caualier Gascon, plus beau de corps que d'esprit, et qui a autant d'ignorance comme elle a de sçauoir ; Dialogue vulgairement appellé *la Ruelle de la R. M.*

M. Bazin ajoute ensuite, et avec raison, que, « comparé au texte donné par M. Guessard, le texte de Sorel offre de nombreuses variantes, presque toujours à l'avantage de celui-ci ». De plus, le cavalier y parle non pas le français, mais ce langage franco-gascon que l'on retrouve dans le Baron de Fæneste; *enfin, la dame y est désignée par le nom d'*Uranie, *que l'auteur du* DIVORCE SATYRIQUE *(faisant probablement allusion à* LA RUELLE), *reproche à la princesse d'avoir « usurpé à tort ».*

Sorel, qui s'est borné à désigner la reine Marguerite, c'est-à-dire l'auteur de la Ruelle, *par les deux initiales R. M. que ses contemporains expliquaient sans difficulté, semble même, par un motif facile à saisir, avoir cherché à déguiser encore l'origine de cet écrit assez compromettant pour la réputation d'une princesse de sang royal, première femme de l'aïeul du roi régnant. En effet, dans une autre pièce de son recueil,* le Jeu du Galand, *qui précède immédiatement* la Ruelle, *il raconte les amusements* « d'vne agréable compagnie, où quelques personnes récitoient des Dialogues qu'elles sçauoient par cœur, comme, par exemple, celui du Caualier Gascon et d'Vranie, fut représenté par Dorilas et Bellinde; car Dorilas contrefaisoit le Gascon à merueilles, et Bellinde s'accorda à contrefaire la Dame amoureuse, pourueu que l'on exceptast les baisers et autres douceurs, voulant que l'on se contentast du recit, sans qu'aucune action au moins trop licencieuse y fut jointe : toutefois Dorilas ne s'en contentoit guere, disant que c'estoit là vne comédie imparfaite... On prit, *ajoute l'auteur,* beaucoup de plaisir à entendre leurs discours qui estoient tres naïfs et qui ont esté faits, à ce que l'on croid, pour quelque Dame d'autorité qui auoit vn galand et fauory; mais cela peut aussi bien être attribué à vne autre sans la scandaliser. Il suffit que l'on se represente vne Dame sçauante et vn Amant dont l'esprit luy soit fort disproportionné, mais dont elle ayme neantmoins aueuglement le visage et le corps, à cause de leur beauté excellente. Vn tel rencontre se peut faire en plusieurs lieux ».

Sorel, du reste, n'a pas été le seul à attribuer

la Ruelle *à Marguerite. Nous avons déjà cité le témoignage de Tallemant et du* DIVORCE SATYRIQUE. *Il faut y ajouter celui qu'on peut tirer du manuscrit qui a servi à M. Guessard et qui est intitulé :* Dialogue d'amour entre Marguerite de Valois et sa bête de somme. *L'examen du texte même de la pièce vient encore confirmer ces conjectures; ainsi, on retrouve dans* la Ruelle *des expressions bizarres que Marguerite a employées dans ses* Mémoires *et que l'on aurait grand'peine à retrouver ailleurs. Enfin, n'est-ce pas une reine qui parle, quand Uranie dit à son amant* (1) : « Moy sous qui tout flechit, moy coutumiere de donner des loix à qui bon me semble, moi qui n'obeïs qu'à moy-mesme... Vous que i'ay esleué de la poussiere et du limon de la terre » ? (2) *Nous croyons donc pouvoir, sans hésitation, reconnaître Marguerite comme l'auteur de* la Ruelle.

Le recueil de Sorel est excessivement rare; nous n'avons pu le rencontrer dans aucune des bi-

(1) *Voy.* p. 5.

(2) *Voy.* p. 14.

bliothèques de Paris, et c'est seulement après de longues recherches que notre libraire, M. Aubry, a pu se le procurer. Nous pensons donc faire plaisir aux bibliophiles en leur donnant de nouveau le texte original de cette charmante pièce (1), *où Marguerite s'est peinte tout entière. On y retrouve son esprit raffiné et ce libertinage qui fit d'elle la reine la plus dévergondée de son siècle. Le sujet de la pièce s'explique assez par le titre que nous avons rapporté plus haut, et que nous lui conservons. Mais quel est ce galant favorisé, si sot et si beau, que Marguerite a mis en scène? Pour que le lecteur soit à même de le chercher avec nous, nous allons dresser une liste, certainement bien incomplète, des amants de Marguerite. Ce sera le* Divorce satyrique *qui nous en fournira la plus grande partie :*

1, 2. *Quel est le premier amant de Marguerite? Il est aussi difficile de le dire que de décider quel a été le dernier ; car cette vertueuse*

(1) *Nous avons eu soin d'ajouter en note les variantes les plus importantes que le texte de M. Guessard présente avec celui de Sorel.*

princesse commença, dit-on, à faire l'amour à onze ans, c'est-à-dire en 1563, *et ne cessa qu'à sa mort, arrivée le* 27 *mars* 1615. *On prétend toutefois que Antragues et Charins peuvent se disputer l'honneur de l'avoir initiée à la galanterie.*

3. *Martigues.*

4. *Le duc de Guise, tué à Blois en* 1588.

5, 6. *Suivant le* Divorce satyrique, *Marguerite « ajouta de bonne heure à ses conquêtes celles de ses trois jeunes frères, Charles IX, Henri (III) et François ». Son inceste avec Charles n'est rien moins que prouvé. Il n'en est pas de même de sa liaison avec le duc d'Alençon, liaison qui dura jusqu'à la mort de celui-ci. Quant à Henri III, le passage suivant d'une lettre publiée par nous dans le Bulletin de la Société de l'histoire de France ne peut, à ce que nous croyons, laisser subsister aucun doute. Cette pièce, tirée des manuscrits Béthune* (nº 8698), *est sans date ni signature* (1)

(1) *Voy. le texte complet de la lettre et la notice qui l'accompagne dans le Bulletin du mois de novembre* 1852, p. 343.

et adressée au roi, probablement dans l'année 1578. *Elle a été certainement écrite par une femme attachée à la suite de Catherine de Médicis* (1).

« Sire,

« Ma fidellité seroit trop cachée si ie ne vous
« faisoys entendre promptement le soupçon
« en quoy ie suys de quelque entreprinse
« qu'a la Royne, vostre seur, laquelle ie ne
« puis descouurir; mais vous qui auez co-
« gnoissance parfaite d'elle, ie m'asseure que
« vous l'entendrez soubdain qu'aurez vu
« ceste lettre. Il y a troys iours qu'elle se
« tient renfermée, et n'a que troys femmes
« de chambre auec elle, l'vne avec le glaiue,
« l'autre auec la paste, et la derniere auec
« le feu. Tousiours dans l'eaue, blanche
« comme lys, sentant comme basme, se frotte
« et se refrotte, faict encensemens, de sorte
« que l'on diroit que c'est vne sourciere auec
« charmes, lesquelz elle maintient à ses plus
« familieres amyes que ce n'est pour plaire à

(1) La duchesse d'Uzès, autant que je puis le conjecturer.

« aultruy, mais à elle seule. Ie vous supplie « treshumblement, Sire, que pour cest ad- « uertyssement vous ne laissez de croire que « vous estes son cœur, son tout, et que tous « ses dictz charmes se font pour votre ser- « uice », etc.

7. *La Mole, qui fut décapité en Grève en* 1574, *avec Coconas, pour crime de conspiration. Marguerite et son amie la duchesse de Nevers, maîtresse de Coconas, firent enlever et embaumer les têtes des suppliciés.*

8. *Saint-Luc, l'un des mignons de Henri III.*

9. *Le célèbre Bussy d'Amboise.* « *Quelque reputation qu'il eust d'être braue parmi les hommes, il ne l'estoit guere parmi les femmes, à cause de quelque colique qui le prenoit ordinairement à minuit* (1). »

10. *Le duc de Mayenne*, « *bon compagnon, gros et gras, et voluptueux comme elle* ».

11. *Le vicomte de Turenne, depuis duc de Bouillon. Tallemant des Réaux a raconté, à propos des amours de ce seigneur avec Mar-*

(1) Le Divorce satyrique.

guerite, une anecdote assez dégoûtante, qu'on nous dispensera de rapporter.

12. *Jacques de Harlay, seigneur de Chanvallon, grand écuyer du duc d'Alençon, grand maître de l'artillerie pendant la ligue, mort en* 1630. *On l'appelait* le beau Chanvallon (1). *De son intrigue avec Marguerite naquit un fils qui fut capucin sous le nom de* Père Archange (2). *Suivant le* Divorce satyrique, *il avait d'abord été élevé sous le nom de Louis de Vaux, comme fils d'un sieur de Vaux, parfumeur, demeurant près de la Madeleine, à Paris.*

13. *Choisnin, chanoine de N.-D. de Paris.*

14. *Duras.*

15. *Son cuisinier, dont on ne sait pas le nom.*

16. *Saint-Vincent.*

17. *Aubiac, l'un de ses domestiques, dont elle eut un fils sourd-muet, qui « a longtemps gardé les oisons en Gascogne. Aubiac estoit vn escuyer*

(1) *M. Guessard a publié dix-sept lettres de Marguerite à Chanvallon, et deux lettres de celui-ci à la princesse.*

(2) *Il est appelé Père Ange dans les* Mémoires de Bassompierre.

chetif, rousseau, et plus tauelé qu'vne truite, dont le nez, teint en escarlate, ne s'estoit iamais promis au miroir d'estre vn iour trouué dans vn lit auec vne fille de France, ainsi qu'il le fut à Carlat». *Il fut pendu à Aigueperse ; et au moment de son supplice, « au lieu de se souuenir de son ame et de son salut, il baisoit vn manchon de velous raz bleu, qui lui restoit des bienfaits de sa dame ».*

18. *Le marquis de Canillac.*

19. *Pomony, fils d'un chaudronnier d'Auvergne* (1), *qui, « par le moyen d'vne assez belle voix, qui le discernoit d'auec ses semblables à la musique de cette reine, s'introduisit enfin de la chapelle à la chambre, et de la chambre au cabinet pour secretaire... C'est pour lui qu'elle fit faire les lits de ses dames d'Usson, si hauts qu'on y voyoit dessous sans se courber, afin de ne s'escorcher plus, comme elle souloit, les espaules ni les fesses, en s'y fourrant à quatre pieds, toute nue, pour le chercher* (2) ».

(1) *Henri III disait en pleine cour : « Les cadets de Gascogne n'ont pu soûler la reine de Navarre : elle est allée trouver les muletiers et les chaudronniers d'Auvergne. »*

(2) Le Divorce satyrique.

20. *Dat de Saint-Julien, fils d'un charpentier d'Arles. Il fut tué, le 5 avril* 1606, *par un jeune gentilhomme, qui, deux jours après, eut la tête tranchée, à Paris, devant l'hôtel de Sens, où logeait Marguerite.*

21. *Bajaumont, de la maison de Duras, « mets nouueau de cette affamée, idole de son temple, le veau d'or de ses sacrifices, et le plus parfait sot qui soit iamais arriué dans la cour ».*

22. *Le Mayne ou le Moine.*

23. *Villars ou le Villars, musicien. Suivant Tallemant, on l'appelait vulgairement* le roi Margot.

Cette liste, quoique fort longue, doit être très-incomplète. Charles IX disait : « En donnant ma sœur Margot au roi de Nauarre, ie la donne à tous les huguenots du royaume. » — « O prophetie trop veritable et digne d'vne sainte et diuine inspiration, s'écrie l'auteur du Divorce satyrique, *s'il eust mis le general et non le particulier, et qu'au lieu des huguenots seuls il eust compris tous les hommes ! »*

Maintenant quel est, de ces 23 amants, celui qui peut être le héros de la Ruelle? *Nous avouons franchement être aussi embarrassé qu'en commençant, et le lecteur conviendra avec nous que c'est chercher une aiguille dans une botte de foin. Pourtant le* n° 21 *nous semble offrir quelque chance d'avoir servi de type à la reine pour peindre son cavalier gascon.*

Et Henri IV, qui ne répudia Marguerite que par des motifs politiques, comment prenait-il les escapades de sa femme? Sauval va nous l'apprendre. — « Un iour, dit-il, que le roi s'amusoit à regarder Paris du haut de Montmartre entre ses iambes (de cette maniere, les obiets paroissent beaucoup plus singuliers), et comme il vint à dire : Que ie vois de nids de cocus! Gallet aussitôt, ce grand ioueur, se mettant dans la même posture, lui cria : Sire, ie vois le Louvre! — Dont il se prit à rire. »

LUD. L.

LA

RVELLE MAL ASSORTIE

OV

ENTRETIENS AMOVREVX

D'VNE DAME ELOQVENTE

Auec vn Caualier Gascon, plus beau de corps que d'esprit et qui a autant d'ignorance comme elle a de sçauoir (1).

VRANIE.

Ha, Dieu vous gard, beau Soleil. Que veut dire qu'auiourd'huy plus tard qu'à l'acoutumée vous ayez esclairé mes yeux ?

LE CAVALIER GASCON.

Ie ne sais.

VRANIE.

Comment ie ne sçay? vos desirs, vos souhaits (2) et toutes vos actions ne tendent-elles pas à me

(1) Voici le titre dans l'édition Guessard : *La Ruelle mal assortie, dialogue d'amour entre Marguerite de Valois et sa bête de somme.*

(2) Var. *Vos soleils.*

plaire, et ne sçauez vous point qu'absente de vous, ie suis en de perpetuelles tenebres, et en atente continuelle (1) que vous me rameniez le iour?

LE CAVALIER GASCON.

Ie biens quand bous me mandez benir.

VRANIE.

Et si ie ne vous enuoyois iamais querir (2), vous ne viendriez donc point et me laisseriez consommer parmi mes ennemis (3). Ie vous aprens qu'vn vray amant doit estre touiours en impatience, bruslant de desir de voir la chose aimée, et n'atendre point de message, de semonce, ny d'heure comme vous.

LE CAVALIER GASCON.

Ie suis captif, et ne despens que de bos bolontez.

VRANIE.

Vous apelez donc captivité (4) ma prison au lieu d'vn Paradis (5) de delices, et trouuez vne grande

(1) *Var.* En tenebres continuelles et en attente perpetuelle.

(2) *Var.* Et si ie n'enuoyois vers vous.

(3) *Var.* « Assommer parmy mes ennuis », leçon qui me paraît préférable. Je crois qu'on pourrait mettre : « consommer parmy mes ennuis. »

(4) *Var.* Captive.

(5) *Var.* D'vn doux paradis.

contrainte de dependre de mes volontez. Ie veux desormais estre (1) vn peu plus rigoureuse, si ie puis, afin que vous sçachiez quel il fait quand ie suis en mauuaise humeur.

LE CAVALIER GASCON.

Ie prendray patience en mon tourmant.

VRANIE.

O Dieu ! quelle Responce ! mais laissons ce discours. Vous estes auiourd'huy trop beau pour se mettre en colere contre vous ; Que vos cheueux sont bien frisez (2), et que vostre rabat est bien mis !

LE CAVALIER GASCON.

Bous me defrisez et m'auatez (3) toute ma rotonde (4).

VRANIE.

Elle en sera mieux toute la iournee, puis que ces belles mains ont passé pardessus. Mais parlons vn petit (5), n'auriez vous point quelque nouueau dessein ? Ces Dames, sur qui vous tournez si souuent les yeux, vous auroient elles point donné dans

(1) *Var.* Deuenir desormais.

(2) Ces six mots manquent dans l'édition Guessard.

(3) *Var.* Gastés.

(4) Collet empesé monté sur du carton.

(5) *Var.* Parlons.

la veuë? Respondez ; ie sçay bien ce que peut vn nouuel obiect sur vne ame inconstante.

LE CAVALIER GASCON.

Ce sont touiours de bos oupinions.

VRANIE.

Mais il faut le sçauoir. En vain auriez vous pris auiourd'huy cette bonne mine ; il est croyable (1) que vous auez quelque nouuel Oracle à consulter.

LE CAVALIER GASCON.

Cela, moy, rien, nullement, quelconque.

VRANIE.

Mais dites sans mentir, petit rusé. Qui deuez vous voir auiourd'huy?

LE CAVALIER GASCON.

Ie ne pense à boir que bous.

VRANIE.

Qui moy? Ie vous ay donc semblé plus belle qu'à l'acoutumee. Çà, mon miroir, qu'en dites-vous ? certes il me témoigne qu'il en est quelque chose, encor que ma perruque soit toute defrisee, et mon

(1) *Var.* Est-il pas croyable que vous auez nouuel oracle...

rabat bien noir, que vous en semble, n'ay-ie pas dequoy donner de la passion à vn honeste homme?

LE CAVALIER GASCON.

Bous me semblez la velle Benus.

VRANIE.

Et vous me semblez son petit Adonis bien plus doüillet et coffeté (1) qu'il n'estoit, mais bien moins amoureux que luy, qu'en est-il? dois-ie croire que vous m'aimiez, et que les demonstrations que vous en faites soient à mon ocasion, ou bien pour l'amour de vous-mesmes! car les ieunes gens de ce temps ont beaucoup de considérations en leurs desseins, et cette douce Philaftie (2) a vn grand pouuoir sur leur ame (3).

LE CAVALIER GASCON.

Que beut dire Filafetie?

VRANIE.

Ce sont des mots dont on ne deieune point (4) en

(1) *Var.* Affeté.

(2) *Philaftie*, du grec Φιλαυτία, amour-propre. Comme l'a fait observer M. Guessard, Marguerite a employé ce mot dans la première phrase de ses Mémoires : « Ne voulant qu'on attribue la louange que i'en ferois plustost à la philaftie qu'à la raison. »

(3) *Var.* Sur les ames.

(4) *Var.* Ce sont mots dont on ne se doute point.

vostre pays, demandez le à ces sottes que vous aymez si fort (1); ie croy qu'elles vous l'interpreteront promptement (2); mais, mon peton (3), quand ie vous regarde ie vous trouue fort bien vestu, et faut dire qu'à la verité ces couleurs claires donnent vn grand lustre au visage, et les bas d'atache (4) agencent fort vne belle taille.

LE CAVALIER GASCON.

Ils contraignent vien en récompenses.

VRANIE.

Hô, ie voy bien que c'est; vous voudriez que ie vous laissasse porter des vanitez (5) pour estre à vostre aise; il n'en sera pas ainsi; il vous faut des bas entiers, vne fraize, vne plume, vne espee, et sçauoir parler, si vous voulez ressembler vn homme.

LE CAVALIER GASCON.

Il m'est vien abis que ie suis fait comme vn homme.

(1) *Var.* Tant.

(2) *Var.* Proprement.

(3) *Var.* Mon petit peton.

(4) *Var.* Les bas attachés. — Tallemant des Réaux, dans l'historiette de Marguerite, dit en parlant de Villars, le dernier amant ou l'un des derniers amants de cette princesse « qu'il falloit que celui-ci eust toujours des chausses troussées et des bas d'attache, quoique personne n'en portast plus ». (Edit. Paulin Paris, t. I, p. 148.)

(5) *Var.* Des valises.

VRANIE.

Vous vous imaginez d'en ressembler vn quand (1) personne ne vous y contredit ; mais considerez vous bien. Quand vous ne dites mot, qui est le plus souuent, et vous verrez combien il y a (2) de diference entre vous et vne statuë.

LE CAVALIER GASCON.

I'en bois vien d'autres qui ne parlent point.

VRANIE.

Ainsi voit-on faire quelques oyseaux et quelques perroquets, qui ne voulant pas parler donnent plus d'enuie de les entendre : Plus la chose est rare plus elle est desiree, mesmement de moy qui suis enfin (3) de l'humeur des bellettes et des coulombes, et qui prens plaisir comme elles à faire l'amour du bec.

LE CAVALIER GASCON.

Non pas toussiours non.

(1) *Var.* D'en ressembler vn grand. Personne...

(2) *Var.* Combien peu de difference il y a de vous à vne statue.

(3) *Var.* Aussi voit on force oiseaux et peu de perroquets : plus la chose est rare et plus elle est desirée, et mesmement de moy qui suis en cela...

VRANIE.

C'est donc pour satisfaire à vos brutaux desirs, et pour complaire au corps de ie ne sçay quoy dont il a besoin ; car mon inclination ne tend qu'à ces petites voluptez qui prouiennent des yeux et de la parole, qui sont sans comparaison d'vn goust plus sauoureux et de plus de duree que ces plaisirs que nous auons communs (1) auec les bestes.

LE CAVALIER GASCON.

Ie prens grand plaisir à faire la veste moy.

VRANIE.

Vous auez raison, car c'est sans contrainte et sans y prendre grande peine ; croyez qu'il faut bien, veu l'antipathie de nos humeurs, la discordance de nos Genies, et dissemblance de nos idées, qu'il y ait quelqu'autre vertu secrette et incognuë (2) qui agisse pour vous ; car autrement, à vous bien prendre, vous estes plustost digne de ma haine que de mon affection (3). Quoy, vous me respondez des espaules, et sacrifiez au silence plustost qu'aux

(1) *Var.* Que nous auons de commun.

(2) *Var.* Quelque vertu secrette qui...

(3) On trouve dans l'édition Guessard cette phrase omise dans l'édition Sorel : « Qu'en pensés - vous ? Croiés-vous que l'antheros que vous elevés augmente ainsi mon amour et que leurs mutuels regards et leurs volontés réciproques contribuent à leur accroissement? »

graces ? N'entendez vous point ce langage, auez-vous si peu profité aupres de moy, et si peu retenu les preceptes d'amour que vous en ignoriez les principes ?

LE CAVALIER CASCON.

Yé bous aime vien sans tant fllousoufer.

VRANIE.

Mais mon mignon (1), ne sçauriez-vous à tout le moins respondre pour me contenter, Que vous reconnoissez en moy (2) de nouuelles graces qui augmentent vostre amour, Que cette amour vous cause des desirs si insupportables que vous estes contraint d'auoir recours à ma misericorde, et que si vous ne la pouuez meriter, vous aimez mieux la mort qu'vne vie si ennuyeuse ?

LE CAVALIER GASCON.

La beuë en découbre le fait.

VRANIE.

La veuë peut errer ; car vos souspirs peuuent aussi-tost prouenir de quelque difficulté suruenuë aux conduits de la respiration, comme pour le trop attentif arrest que vous ait causé (3) la con-

(1) *Var.* Mais, peton.

(2) *Var.* Que vous reconnoissés tous les iours.

(3) *Var.* Que vous peuuent causer les contemplations de mes beautez.

templation de mes beautez ; vostre couleur blesme peut naître aussi-tost de quelque indisposition cachee, comme de ce que le sang qui deuroit colorer vostre teint, est accouru au secours du cœur qui palpite (1) à mon occasion. Quant aux larmes qu'on voit (2) prendre origine en la propre source d'amour, outre (3) qu'elles peuuent estre aussi-tost feintes que veritables, elles ne sont pas moins indices d'vn cœur colere, despit (4) et malicieux, que d'vn cœur traitable, doux et benin. Ie vous ay tant de fois dit que vous feriez bien mieux d'employer le temps à lire Marius Equicola, Leon Hebreu (5), ou les œuures de nos Poëtes (6), qu'en l'entretien de ces coquettes qui parlent touiours, et ne disent rien qui vaille. O que ie suis lasse de vous tant crier (7).

(1) *Var.* Qui patit.

(2) *Var.* Qu'on croit.

(3) *Var.* On tient.

(4) *Var.* Depité.

(5) Mario Equicola, auteur de *Della natura d'Amore*, traduit en français par Chappuys, Paris, 1584, in-8. — R. Juda, dit Léon Hébreu, savant rabbin espagnol du XVe siècle, auteur de *Dialoghi de Amore*, traduit en français (1588) par Pontus de Thyars.

(6) *Var.* Ou Marcel Ficin. — Marsilio Ficino, célèbre philosophe platonicien du XVe siècle, auteur d'un commentaire sur le Banquet de Platon, commentaire intitulé : *De Voluptate*, traduit en français par Symon Sylvius, Poitiers, 1545, in-8°, et par G. Lefevre de la Boderie. Paris, 1588, in-8°.

(7) *Var.* Ne disent rien, que je suis lasse de vous en tant crier.

LE CAVALIER GASCON.

Bous ne me donnez pas le loisir de dormir.

VRANIE.

Vous le sçauez bien prendre pour entretenir vos maistresses : Ie sçay vos heures, vos reduits, et les bons tours que vous y ioüez, et si ie le soufre, c'est que ie vous dedaigne, et que ie ne desire pas vous punir autrement que de vous voir en mauuaise compagnie (1).

LE CAVALIER GASCON.

Mon reduit (2) est ma chambre ou bous me tenez toussiours enfermez.

VRANIE.

L'amour est maistre des inuentions ; les aisles lui sont donnees pour aller partout ; la tour d'airain d'Acrise (3) est mieux (4) fermee que vostre

(1) Voici comment ce paragraphe est imprimé dans l'édition de M. Guessard : « Vous le sçaués bien prendre pour entretenir vos maîtresses à vos heures. Ie sçay vos anabaptistes déduits et le temps que vous prenés pour vous iouer. Que si ie le souffre, c'est que ie vous desdaigne et que ie ne desire pas mieux vous punir que de vous sçauoir en mauuaise compagnie. »

(2) *Var.* Mon déduit.

(3) Acrisius, père de Danaé.

(4) *Var.* Etoit bien mieux fermée.

chambre, et toutefois il entre dedans (1). Tout est remply de Iupiter, et puis où est-ce qu'vn beau Soleil comme vous n'entre point?

LE CAVALIER GASCON.

Ne direz bous onques vien d'aucunes femmes?

VRANIE.

Ie ne blasme point celles qui se contentent d'estre seruies d'vn honeste homme (2), et lors qu'il ne s'agit que d'vne honeste conuersation de la parole et du regard : I'en blasme seulement l'effusion de sang et ceux (3) qui comme vous sont gladiateurs à outrance.

LE CAVALIER GASCON.

Sans cela lé reste est jû (4) de petis enfans.

VRANIE.

Ainsi le tiennent les grossiers et les ignorans tels que vous qui, comme vrays Satyres et n'ayant pas de quoy (5) continuer longuement vn discours, veulent aussi-tost venir aux prises, interrompans

(1) *Var.* Iupiter entra dedans.

(2) *Var.* D'vn si honneste.

(3) *Var.* L'effusion de sang de ceux.

(4) Jeu.

(5) *Var.* Les ignorans comme vous qui n'ayant de quoy.

mille petites délicatesses qui s'espreuuent (1) dans l'entretien et la communication des esprits.

LE CAVALIER GASCON.

I'aime vien autant (2) le corps qué l'esperit.

VRANIE.

L'esprit pourtant est bien plus à aimer; c'est luy qui tient le cœur quand la beauté l'a pris : mais il faut malgré la raison que chacun aime son semblable; et pour vous, sans tant subtiliser, la cause en est (3) que vous estes tout corps, et n'auez point d'esprit; et ne sçauriez iuger des vrayes voluptez en tant qu'elles prouiennent de l'ame par raison et science (4), mais oüy bien des fausses voluptez, parce qu'elles procedent des sens exterieurs, et encore en iugez vous bien mal le plus souuent, lors que vous vous laissez coifer à toutes les laides qui se presentent.

LE CAVALIER GASCON.

Aussi bray (5) yé ne suis coifé que de bons.

(1) *Var.* Qui se trouuent.

(2) *Var.* I'ayme bien mieux.

(3) *Var.* Et pour vous, la cause en est sans gueres subtiliser.

(4) *Var.* Par raison de science.

(5) *Var.* Aussi bien.

VRANIE.

Il parest du contraire en vos yeux pleins d'inquietude et d'impatience (1), qui sont touiours en queste de nouuelle proye, et qui semblent aller chantans avec Ronsard, *Qu'il n'y a rien si sot qu'vne vieille amitié* (2) ; mais ie suis encore plus sote de m'en soucier, comme si vous en valiez bien la peine, moy sous qui tout flechit, moy coutumiere de donner des loix à qui bon me semble, moy qui n'obeïs qu'à moy-mesme (3). Vraiment ie l'aimerois de vous (4), Monsieur l'ignorant, de me faire seruir de couuerture, vous que i'ay esleué de la poussiere et du limon de la terre : vous que i'ay fait naistre en vne nuit (5) sot, niais, fascheux, melancolique, et bref, pour le dire en vn mot, le plus grossier (6) Gascon qui soit iamais sorty de son pays : Auez vous point encore reconu que ce que i'en ai fait (7) estoit pour me moquer de vous, et pour vous precipiter

(1) *Var.* En vos inquietudes et en vos yeux pleins d'impatience.

(2) *Var.* Qu'il n'est rien de si sot qu'vne vieille amitié.

(3) *Var.* Moi qui n'obeis iamais qu'à mon seul plaisir.

(4) *Var.* Vrayment me dois-ie plaindre de vous.

(5) *Var.* En vne nuit parmi les grands, ours mal leché, niais, fat, etc.

(6) *Var.* Le plus goffe (de l'italien *goffo*, lourdaud).

(7) *Var.* Iusques icy.

en mesme temps que vous auriez commencé d'esperer. Aprenez si vous ne le sçauez que ie ne puis ny ne veux aimer vn sot et vn ignorant.

LE CAVALIER GASCON.

Si bous poubiez pis, bous le diriez.

VRANIE.

Ie suis comme les soldats de Philippe qui nommoient toutes choses par leur nom ; tant que vous persisterez en vos folles amours (1), vous n'aurez autre nom de moy que de sot, et tant que vous serez sans sçauoir parler ie vous nommeray ignorant.

LE CAVALIER GASCON.

Si yé ne suis sçabant patience.

VRANIE.

Si croy-ie qu'en vostre age le temps et la peine pouroient enfin faire quelque chose de bon de vous, et qu'ainsi que d'vn champ fertile i'en retirerois quelque moisson vtile : mais ie m'aperçois bien que vostre terroir est sterile par vostre faute, Qu'en vain i'y seme, puis que vostre rude naturel ne s'est pû deffricher et changer (2). Voyez vous pas que l'extase

(1) *Var.* En vos sottes amours.

(2) *Var.* Mais ie m'aperçoys bien que le terroir est sterile, et qu'en vain i'ay semé et que vostre rude nation ne se peut defricher ni changer.

vous tient, et qu'aussi muet qu'vn poisson, vous estes le symbole du silence? Estes-vous empierré (1)? l'obiect present est-il si peu digne de vos regards et de vos paroles, que vous teniez ainsi la bouche close et les yeux fermez? Coupez ce filet de grace, et ne soyez plus si long temps disciple de Pytagore. La Pic Romaine apres auoir medité quelques iours, sçauoit imiter les sons qu'elle auoit entendus ; C'est en fin faire son profit des leçons que l'on a oüyes, de parler apres s'estre teu (2). Sçachons donc en vn mot, pourquoy ne parlez vous point?

LE CAVALIER GASCON.

Vous en estes la cause.

VRANIE.

Comment en serois-ie la cause? ne vous conuiay-ie pas assez de parler, et ne vous en donnay-ie pas assez de suiet (3)? Expliquez vostre Laconisme, ou bien permetez moy que ie iouë (4) deux personages, et que ie responde pour vous. Est-ce qu'offencé de mes veritez, et de ce que (5) ie me moque ordinai-

(1) *Var.* Et, vous en prie.

(2) *Var.* Et tout, hormis vous, sait enfin faire son profit des leçons qu'il oit et qu'on lui dicte.

(3) *Var.* Et ne vous ouvré-ie assés de suiets?

(4) *Var.* Que ie fasse.

(5) *Var.* Et de quoy.

rement de vous, la colere et le mal que vous m'en voulez vous ostent l'enuie de rien dire, ou bien est-ce que naturellement sot et honteux, vous ne sçachiez ny proferer ni exprimer vos conceptions : ou peut estre que (1) le trop d'amour lie vostre langue, et occupe vos sens, de façon que ce qu'vn autre moins amoureux employeroit à dire, vous l'employez à desirer.

LE CAVALIER GASCON.

Boilà la pure berité.

VRANIE.

Si n'en croy-ie rien (2) que sur bons gages. Toutefois cette petite rosee qui distile le long de vos ioües veut que i'y adiouste quelque foy ; Ça, que ie la ramasse dans ce mouchoir, et que i'en aroüse (3) l'autel de ma vanité. Mais auoüez aussi (4) qu'il n'y a que ces belles mains qui soient dignes de cette offrande. Voyez les bien, et encore que ie ne les aye point descrassees depuis huict iours, gageons qu'elles effacent les vostres, et que toutes mal soignees qu'elles sont, elles leur font perdre leur lustre. Causons, causons, ie ne veux plus vous fascher.

(1) *Var.* Ou bien est-ce que.

(2) *Var.* Ie n'en croiray rien.

(3) *Var.* Dans ce linge et que i'en asperge…

(4) *Var.* Mais adioutés aussi.

LE CAVALIER GASCON.

Yé bous en aimeray dabantage.

VRANIE.

C'est tout ce que ie demande de vous, car imitant les Dieux, i'aime beaucoup mieux obeïssance que sacrifice, et me plaisant ainsi qu'eux à mes œuures, ie voudrois vous pouuoir rendre tel que i'eusse de l'honneur à ma nourriture (1), et par mesme moyen me payer par mes mains de ma peine, auec le plaisir que ie tirerois de vostre parlante conuersation. Çà donc venez à l'adoration de tant de beautez, et baisant ces mains que ie vous presente, escoutez et retenez ce que vous me deuriez dire (2).

Pourquoy ne voulez vous pas, belle Reyne de mes pensees, fortifier mon cœur contre tant d'aprehensions qui l'assaillent, affermissant en telle sorte ma felicité, que ie puisse desormais viure sans crainte d'estre depossedé? Pourquoy consentez vous que le doute continuel ou ie suis de vous perdre, rende ma vie moins contente, mon aise moins acomply, et ma gloire moins parfaite? Suis-ie pas cet adorateur de vos graces, qui ne respire que vostre nom, et qui estant en action perpetuelle de desirer ce que ie vois, et d'admirer tout ce que i'oys, suis rauy de tant de

(1) C'est-à-dire : que votre éducation me fit honneur.

(2) *Var.* Et retenez ce que vous deuriés dire et ce que ie voudrois ouir et dites comme moy.

merueilles que ie ne scay lequel eslire, ou d'estre tous yeux pour vous regarder, ou pour vous oüyr tout oreilles ?

LE CAVALIER GASCON.

Bous me labez osté de la vouche.

VRANIE.

A la verité c'est tout vostre style : mais voyons comme vous me l'eussiez dit, et auec quelle grace vous sçauez proportionner vos paroles à vostre passion. Dites :

LE CAVALIER GASCON.

Pourquoy velle Reyne de mes menües pensees (1), né frutifiez (2) bous mon cœur d'aprehensions, assaillant et affermissant en sorte la mienne felicité, que puisse bibre sans estre poussedé (3), pourquoy consentez bous que doute continuel (4) de bous perdre rende contente ma bie, gloire parfaite et moins accomplie (5) ? suis-ie pas cet adorateur de bos Dieu graces, qui empire (6) bostre renom en perpe-

(1) *Var.* Des miennes pensées.

(2) *Var.* Fortifiés vous.

(3) *Var.* Depossédé.

(4) *Var.* Qu'vn doute perpetuel... conteste ma vie.

(5) Ces cinq derniers mots manquent dans l'édition Guessard.

(6) *Var.* De vos disgraces qui ne respire que.

tuel desirer ce que yé bois, ruiner (1) ce que i'oys, qui raby de merbeilles né say lequel lire (2), ou d'estre tous yeux pour bous oüir, ou pour bous regarder tout oureilles ?

VRANIE.

Voylà bon galimatias, et faut confesser qu'il n'y a pas grande peine à vous faire declarer vne beste, auoüant que i'ay tort de vous faire parler, puis que vous auez meilleure (3) grace à vous taire. Il faut donc employer desormais cette belle bouche (4) à vn autre vsage, et en retirer quelqu'autre sorte (5) de plaisir, pardonant à la nature qui employant tout à polir le corps, n'a peu rien reseruer pour l'esprit; gardez ce beau langage pour vos autres maistresses (6), et tandis que cette ruelle est vuide de ces fascheus qui viendront bien tost interompre nos contentemens, ie veux tirer quelque satisfaction de cette muette qui ne respond point, et n'en pouuant aracher des paroles, ie veux au moins en tirer quelqu'autre douceur. Aprochez-vous donc

(1) *Var.* Ruminer.

(2) *Var.* Eslire.

(3) *Var.* Trop plus de graces.

(4) *Var.* Et faut donc occuper desormais vostre bouche.

(5) *Var.* Quelque sorte.

(6) *Var.* Pour vos maitresses et le silence pour moy.

mon mignon (1), car vous estes mieux prest que loin; et puis (2) vous estes plus propre pour satisfaire au goust qu'à l'oüye. Recherchons d'entre vn nombre infiny de baisers celuy qui (3) sera le plus sauoureux pour le continuer. O qu'ils sont doux et bien assaisonez (4). Cela me rauit, et n'y a si petite partie en moy qui n'y participe, et ou ne furrette et n'ariue quelque petite etincelle de volupté! mais il en faut mourir : i'en suis toute esmeuë, et en rougis iusques dans les cheueux. Ha, vous excedez vostre permission, et quelqu'vn s'aperceura de vostre priuauté (5). Hé bien, vous voylà dans vostre element et ou vous paroissez plus qu'en toute autre chose (6). Ha! i'en suis hors d'haleine, ie ne m'en puis rauoir, et il faut (n'en deplaise à la parole) auoüer que, pour beau que soit le discours, cet esbastement le surpasse. Et peut-on bien dire, sans se tromper, que rien ne se trouueroit de si doux, si cela n'estoit point si court (7).

(1) *Var.* Mon peton.
(2) *Var.* Et puisque.
(3) *Var.* De baisers diversifiés lequel sera.
(4) *Var.* Bien assaisonez pour mon goust.
(5) *Var.* Et quelqu'vn s'en aperceura de cette porte.
(6) *Var.* Plus qu'en chaire.
(7) Le texte porte, et évidemment par erreur : *si cher.* —On lit dans l'édition Guessard : « Et peut-on bien dire, sans se tromper : Rien de si doux, s'il n'estoit si court. »

FIN.

TIRÉ A 180 EXEMPLAIRES :

150 sur papier vergé;
20 sur papier de couleur;
10 sur papier vélin;
3 sur peau de vélin.

Evreux, A. HÉRISSEY, imprimeur. — M DCCC LV.

Trésor des Pièces rares ou inédites

Publié par **AUG. AUBRY**, 16, rue Dauphine.

Cette collection, éditée avec le plus grand soin, format pet. in-8, papier vergé, se composera de 20 vol.; elle est imprimée avec des caractères neufs, des lettres ornées et des fleurons dans le style du XVIe siècle, gravés et fondus exprès. *Chaque volume est soigneusement cartonné à l'anglaise, en percaline.*

LA RVELLE MAL ASSORTIE

Ou Entretiens amoureux d'une dame éloquente avec un cavalier gascon plus beau de corps que d'esprit et qui a autant d'ignorance comme elle a de savoir; par *Marguerite de Valois*, **avec une introduction et des notes, par** Lud. Lalanne.... 2 50

Cette pièce est certainement un des plus charmants morceaux de littérature galante que nous ait légués le XVIe siècle.

MEMOIRE DV VOIAGE EN RVSSIE

Fait en 1586 par JEHAN SAUVAGE, Dieppois, suivi de l'expédition de DRAKE en Amérique à la même époque; publiés pour la première fois d'après les manuscrits de la bibliothèque Impériale, par M. Louis Lacour.......................... 2 50

Papier de couleur ou papier vélin............... 5 »

DESCRIPTION
DE LA
VILLE DE PARIS AU XVE SIECLE
PAR GUILLEBERT DE METZ

Publiée pour la première fois d'après le manuscrit unique, et précédée d'une introduction, par M. Le Roux de Lincy. 8 »

Papier de Chine ou de couleur (quelques exempl.). 15 »

CHANTS
HISTORIQUES ET POPULAIRES
DU TEMPS DE CHARLES VII ET DE LOUIS XI

Publiés, pour la première fois, d'après le manuscrit original, avec des notices et une introduction, par M. Le Roux de Lincy.

330 papier vergé...	6	12 papier de coul.	12
4 papier de Chine	15	8 papier vélin...	12

OEUVRES INEDITES
DE P. DE RONSARD
GENTILHOMME VANDOSMOIS

Publiées par Prosper BLANCHEMAIN, de la société des Bibliophiles françois, ornées du portrait de Ronsard, de ses armoiries et du fac-simile de sa signature, gravés sur bois.

Un volume de 300 *pages, imprimé avec luxe, petit in-8°, in-folio et in-4°; il complète les éditions de Ronsard de* 1586 *à* 1630.

Format de la collection (justification des éditions de Buon).	10	»
Papier de Chine (tiré à 4 exempl.)	20	»
Papier de couleur (tiré à 10 exempl.)	15	»
In-4° ou in-folio (tiré à 25 exemplaires)	20	»

LES VERS DE M^E HENRI BAUDE
POETE DU XVe SIECLE

Recueillis et publiés par M. J. QUICHERAT, professeur à l'école impériale des Chartes.

Recueil des meilleures poésies d'un élève de Villon, ignoré jusqu'à ces derniers temps, et qui a eu, comme son maître, des démêlés avec la police, mais seulement pour avoir mis de la politique dans ses vers. L'éditeur a publié de nombreux documents qui attestent les infortunes de Baude, après en avoir tiré la substance d'une curieuse biographie.

330 papier vergé...	5	»	8 papier de couleur.	10	»
4 papier de Chine.	12	»	8 papier vélin. ...	10	»

LES EGLISES
ET
LES MONASTERES DE PARIS

Pieces en prose et en vers des IXe, XIIIe et XIVe siècles, publiées avec notes et préface d'après les manuscrits, par M. H. L. BORDIER,

On trouve dans ce volume : 1° Une réimpression des MONSTIERS DE PARIS, poeme datant de 1292 et publié en 1808 par Méon ; 2° Eglises et Monastères de Paris en 1325, poëme inédit publié d'après un manuscrit de la Bibliothèque impériale ; 3° Un document inédit du IXe siecle donnant l'inventaire des terres possédées à Paris par l'abbaye de Saint-Maur ; 4° Eglises et Monastères de Paris de 1325 à 1789 ; Etat actuel des Eglises des Monasteres de Paris.

330 papier vergé...	5	8 papier de couleur.	10
4 papier de Chine.	12	8 papier vélin.....	10

CHARLES DU LIS

OPUSCULES HISTORIQUES

RELATIFS A

JEANNE DARC

DITE LA PUCELLE D'ORLEANS

Nouvelle édition, précédée d'une notice historique sur l'auteur, accompagnée de diverses notes et développements, et de deux tableaux généalogiques inédits avec blasons, par M. Vallet de Viriville.

330 papier vergé...	6 »	8 papier de couleur.	10 »
4 papier de Chine.	12 »	8 papier vélin.....	10 »

LA

JOURNEE DES MADRIGAUX

(EXTRAIT DES MANUSCRITS DE CONRART)

Avec introduction et notes par E. Colombey; suivie de *la Gazette de Tendre* (avec la carte de Tendre), et du *Carnaval des Prétieuses*;

330 papier vergé...	5 »	8 papier de couleur.	10 »
4 papier de Chine.	12 »	8 papier vélin.....	10 »

LES LOIX DE LA GALANTERIE

(1644)

Avec introduction et notes publiées par Lud. Lalanne. 2 50

Papier de couleur ou papier vélin.............. 5 »

Réimpression fidèle d'un petit opuscule tiré du même recueil que la *Ruelle mal assortie*. Dans une très-courte préface l'éditeur M. Lud. Lalanne a établi une comparaison entre ce livre et le *Traité de la vie élégante* de Balzac. Il a de plus, dans quelques notes, démontré que le type du *Galant*, préconisé par l'auteur, est précisément le type du marquis ridiculisé par Molière, qui a fait plus d'un emprunt aux *Loix de la Galanterie*.

CHANSONS ET SALUTS D'AMOUR

DE

GUILLAUME DE FERRIERES

Dit le *Vidame de Chartres*, poëte du XIIIe siècle.

La plupart inédits et réunis pour la première fois avec les variantes de tous les manuscrits, précédés d'une notice sur l'auteur, par L. Lacour.......................... 3

PHILOBIBLION

EXCELLENT

TRAITE SUR L'AMOUR DES LIVRES

PAR RICHARD DE BURY

Grand-Chancelier d'Angleterre.

Traduit pour la première fois en français ; précédé d'une introduction et suivi du texte latin revu sur les anciennes éditions et les manuscrits de la Bibliothèque impériale, par **Hippolyte Cocheris**, membre de la Société des Antiquaires de France.

Un fort volume d'environ 350 pages.

476 papier vergé...	12 »	12 papier de couleur.	20 »
4 papier de Chine.	25 »	6 papier vélin.....	20 »

LE

LIVRE DE LA CHASSE

DU GRAND SENESCHAL DE NORMANDYE

Et les dits du *bon chien Soulliard*, qui fut au roy Louis de France XIe de ce nom ;

Publié par M. le baron J. **Pichon**, président de la Société des Bibliophiles françois.

Un vol. (tiré à petit nombre). .... 5 »

RECIT DES FUNERAILLES

D'ANNE DE BRETAGNE

Précédé d'une complainte sur la mort de cette Princesse et de sa Généalogie. Le tout composé par Bretaigne, son hérault d'Armes. Publié pour la première fois avec une introduction et des notes par L. **Merlet** et Max. **de Gombert**. Un vol. avec blasons gravés................................ 5 »

Pour paraître prochainement :

LA VIEILLE

OU LES DERNIERES AMOURS D'OVIDE

Poëme érotique composé au XIVe siècle, par Jehan Lefebvre sur un poëme latin *de Vetula*, précédé d'une Notice historique et critique sur ce poëme, attribué à Ovide pendant le moyen âge et restitué à Richard de Fournival, poète picard du XIIIe siècle, par **Hippolyte Cocheris**.

Les 5 autres volumes sont en préparation et paraîtront successivement.

Paris. — Imprimé chez Bonaventure et Ducessois, 55, quai des Augustins.

www.ingramcontent.com/pod-product-compliance
Ingram Content Group UK Ltd.
Pitfield, Milton Keynes, MK11 3LW, UK
UKHW021955260726
13994UKWH00004B/1762